CÉSAR,
C'EST QUI ?

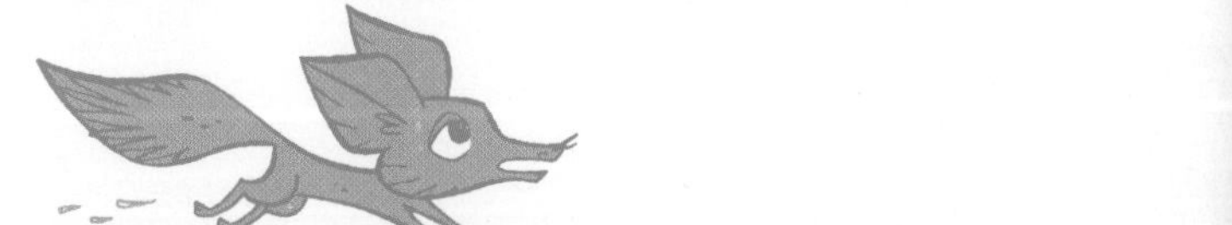

www.editions.flammarion.fr

Dépôt légal : juin 2004 – N° d'édition : 2491 – Imprimé en France par Pollina - n° L93522.
ISBN : 2-08162491-5 – Loi n°49-956 du 16 juillet 1949 sur les publications destinées à la jeunesse.

Alain Surget

Fabrice Parme

CÉSAR, C'EST QUI ?

CASTOR POCHE

CHAPITRE 1

LA NUIT DÉFENDUE

DANS LE PALAIS DE CLÉOPÂTRE, À ALEXANDRIE, EN ÉGYPTE, EN 48 AV. J.-C.

Cléo s'approche de la chambre de Dame Tari. Elle entrebâille la porte, écoute. Les ronflements la rassurent : Dame Tari dort à poings fermés. Depuis que la reine Cléopâtre l'a chargée de s'occuper de Cléo, Dame Tari s'est mise en tête d'apprendre à lire et à écrire à la fillette. Quelle corvée ! Cléo est obligée de passer les plus belles heures de la journée à déchiffrer et à tracer des hiéroglyphes, alors qu'elle a tant de choses plus importantes à faire, comme d'aller s'amuser avec ses amis Antinoüs et Iméni par exemple.

Satisfaite de l'entendre ronfler, Cléo referme la porte et se dirige vers la fenêtre de sa chambre. Elle écarte le rideau en feuilles de papyrus. La nuit est bleue, presque noire. Des silhouettes d'hommes en armes passent lentement en haut de la muraille. « C'est le moment, se dit Cléo. Le temps qu'ils fassent leur ronde, je peux atteindre le bout du jardin. »

La gamine enjambe la fenêtre, grimpe sur la branche d'un énorme figuier qui a poussé devant la façade, avance jusqu'au tronc puis se laisse glisser au sol. Vite, très vite, elle court dans une allée vers une grande zone d'ombre, derrière le palais. Là, elle s'arrête et observe. Les sentinelles ne sont pas encore arrivées de ce côté. Alors elle respire un grand coup et se précipite vers le mur qui sépare le jardin de la rue.

Cléo a tout prévu : au cours de la journée, elle a vidé un vieux coffre de ses outils et l'a caché sous un massif de fleurs. Elle tâtonne dans l'obscurité, le découvre enfin, le traîne jusqu'au mur, le redresse et monte dessus. Hop ! D'un bond, elle s'agrippe au rebord du mur, se hisse à la force des bras, passe par-dessus et se laisse tomber de l'autre côté, dans la rue.

Une ombre se détache de derrière un palmier. Quelque chose se jette dans les jambes de la fillette.

— Ah ! s'écrie-t-elle, surprise.

Passé l'instant de frayeur, elle reconnaît le fennec de son ami grec Antinoüs. Le garçon s'approche et rappelle l'animal.

— Fenk ! Fenk !

Mais Fenk n'obéit pas à son petit maître. Il continue à mordiller les chevilles de Cléo jusqu'à ce qu'Antinoüs l'attrape et le tienne dans ses bras.

— Iméni n'est pas là ? demande la gamine.

— Il est en retard, comme d'habitude.

— J'espère qu'il aura pu sortir de chez lui sans se faire prendre. Allons à sa rencontre !

Les deux enfants longent le port en direction de la grande digue qui relie la ville à l'île de Pharos. Les rues sont désertes, à part quelques personnes qui quittent les tavernes. Ils ne sont plus très loin de l'agora, la place du marché, quand une petite silhouette surgit au coin d'une rue.

— Le voilà ! annonce Antinoüs.

Iméni les rejoint enfin.

— Tu en as mis du temps, souffle Cléo.

— Tu sais que ma famille vient tout juste de s'installer à Alexandrie , explique le jeune Égyptien. On a fait du rangement jusque tard dans la nuit. Après, il a fallu que j'attende que mes parents s'endorment... Mais je ne comprends pas pourquoi vous voulez aller pêcher maintenant. C'est bien plus simple dans la journée ! Si mon père se rend compte que je suis sorti la nuit, il va me corriger à coups de bâton.

— C'est pareil pour moi, souligne Antinoüs.

— La nuit, c'est beaucoup plus magique, dit Cléo. La mer paraît plus grande, si bien qu'on ne sait pas si on navigue encore sur l'eau ou déjà dans le ciel. Il n'y a personne autour de soi. On a l'impression d'être le maître de l'univers. Il faut que vous ressentiez ça.

— Ouais, ouais, c'est sûr, admet Iméni. Mais...

— Et puis c'est bien plus amusant de faire quelque chose quand c'est défendu ! Qu'est-ce que ça t'apporte d'aller pêcher quand il fait jour ?

— Du poisson, répond le garçon. Tandis que la nuit, le poisson, il dort.

Cléo hausse les épaules. Elle prend la tête du petit groupe et marche vers la digue. C'est là que les pêcheurs attachent leurs bacholes, ces barques en roseau, alors que les navires de guerre et les gros bateaux de commerce sont amarrés dans des bassins le long du quai. Tous trois descendent vers la mer et s'installent dans la première embarcation. Ils détachent la corde et, en quelques coups de rame, s'éloignent de la digue.

— Il vaudrait mieux ne pas entrer dans la lumière du phare, conseille Antinoüs. Je n'ai pas envie que des gardes nous aperçoivent et nous remmènent chez nous. Toi, tu ne risques rien, reprend-il en s'adressant directement à Cléo, tu es sous la protection de la reine.

— Tu te trompes, se défend la gamine. Même si Cléopâtre me considère un peu comme sa petite sœur, je dois obéir à Dame Tari. C'est elle qui est responsable de moi, et elle est drôlement sévère ! Bon, reste dans l'ombre si tu veux.

La bachole suit la digue jusqu'à l'île de Pharos, puis elle va s'abriter parmi de gros rochers. Les deux garçons plongent leur fil dans l'eau. Cléo, elle, s'étend sur le dos dans la barque. À regarder les étoiles, la fillette a bientôt l'impression qu'elles se mettent à tourner dans sa tête, et elle se laisse emporter par un léger vertige.

— Quelqu'un vient ! avertit soudain Iméni.

Cléo se redresse. C'est vrai, une barque quitte la digue et glisse vers eux.

— Il y a trois hommes à l'intérieur, murmure Antinoüs. Couchons-nous au fond de la bachole pour qu'ils ne nous voient pas !

Les enfants s'étendent comme ils peuvent. Iméni a un pied de Cléo dans la bouche, et les pagaies rentrent dans les côtes d'Antinoüs.

— Non, Fenk ! gronde Iméni. Ce n'est pas le moment de jouer.

— Chut ! Ils vont nous entendre.

Des voix courent sur l'eau. D'abord difficiles à comprendre, les paroles deviennent plus claires à mesure que l'embarcation approche des rochers.

— Nous arrivons, dit l'un des hommes. Shardane le pirate vous attend. Votre évasion a parfaitement réussi, général Achillas.

— Oui. Cléopâtre peut commencer à trembler.

CHAPITRE 2

DES VOIX SUR L'EAU

Les trois amis sont stupéfaits. Achillas ! L'homme qui voulait tuer Cléopâtre pour s'installer sur le trône à sa place ! Achillas ! L'homme que les enfants avaient réussi à faire arrêter ! Achillas est libre à présent, et il parle de se venger.

Les gamins s'enfoncent un peu plus au fond de la bachole quand la barque des hommes passe devant les rochers.

— Il faut les suivre, chuchote Cléo, et apprendre ce qu'Achillas complote.

— Tu es folle, siffle Iméni. Tu n'as pas entendu ? Il va rejoindre un pirate.

Antinoüs risque un coup d'œil hors de la bachole. Les trois hommes viennent de tourner au coin de l'île. Derrière lui, la ville est calme.

— Les gardes de la prison n'ont pas encore découvert la fuite du général, suppose-t-il, sinon on verrait courir dans le port des soldats armés de torches.

— Achillas peut donc préparer son coup en toute tranquillité, poursuit Cléo. Je vous signale que s'il a l'intention de tuer la reine, il cherchera aussi à se débarrasser de nous. Alors autant savoir ce qu'il mijote !

— D'accord, convient Antinoüs, mais à condition de rester dans l'ombre.

Au grand désespoir d'Iméni, Cléo et le jeune Grec plongent les pagaies dans l'eau et sortent d'entre les rochers. La bachole longe l'île, arrive devant le temple d'Isis.

— Ils sont près de la jetée. Je crois qu'ils vont accoster.

— Non, rectifie Cléo. Ils naviguent dans l'obscurité, comme nous, mais ils se dirigent vers ce bateau à l'écart, là-bas.

En effet, l'embarcation d'Achillas suit simplement la jetée pour venir se coller contre un bateau de pêche. Les trois hommes grimpent à bord. La bachole des enfants s'approche. Elle se fond dans les traînées d'ombre alors que les eaux au milieu du port sont rouges à cause du grand feu qui brûle tout en haut du phare. Doucement, sans provoquer de clapotement avec les rames, Cléo et Antinoüs rangent leur barque contre la coque du bateau. Heureusement, personne ne fait attention à ce qui se passe sur la mer ! Les hommes sont occupés à féliciter le général pour son évasion.

Shardane le pirate est assis sur un coffre à l'avant du bateau. Il a les cheveux longs, presque blancs, et une large cicatrice lui barre la poitrine. Il est le seul à ne pas se lever quand Achillas se campe devant lui.

— Je t'ai fait délivrer, lui dit-il. J'exige la récompense promise.

Le général s'assoit en face du chef des pirates.

— L'or et les pierres précieuses sont dans le temple d'Isis et dans les coffres de Cléopâtre.

— Attaquons le temple ! propose Shardane. Il n'est défendu que par quelques prêtres.

— Non, l'arrête Achillas, il y a bien mieux à faire. Je veux détruire Alexandrie. Je veux voir la ville s'abîmer dans les flammes. Tout doit brûler : le palais, les temples, la bibliothèque…

— Je n'ai pas assez d'hommes pour cela, répond le pirate. Avec mes trois navires, je peux tout juste bloquer l'entrée du port.

— J'ai de nombreux alliés, annonce le général. Ils me prêteront des hommes et des vaisseaux de guerre. En alliant tes forces aux miennes, nous aurons les moyens de couler tous les bateaux du port. Je serai de retour à Alexandrie dans trois jours. Nos hommes se répandront alors à travers la ville. Ce que chacun volera sera à lui. Tu n'auras pas assez de tes trois navires pour emporter les richesses d'Alexandrie. Moi, ce qui m'intéresse, c'est la tête de Cléopâtre !

— Hé ! s'écrie tout à coup l'un des hommes, j'ai entendu du bruit contre la coque.

— Ce n'est rien, le rassure un autre, les vagues ont dû cogner la barque contre le bateau.

Une sorte de plainte s'élève alors, comme le gémissement d'un animal.

— Et ça ? reprend le bonhomme, c'est un poisson qui jappe ?

Tous se penchent et découvrent une bachole retournée qui flotte contre le bateau.

— Percez-la de vos lances ! commande Shardane le pirate. Quelqu'un se cache peut-être dessous.

Han ! Han ! Han ! Les hommes frappent à coups redoublés. Bientôt, il ne reste plus que des éclats de roseaux de l'embarcation de Cléo et de ses compagnons.

— Alors ? interroge Achillas.

— S'il y avait un espion sous la bachole, il doit être en morceaux.

— Bon, quittons le port avant qu'on ne s'aperçoive de ma disparition, conseille le général en fuite.

Les hommes s'installent aux avirons. Splash ! Splash ! Splash ! Les rames plongent dans l'eau, soulèvent des éclaboussures… Le bateau s'éloigne, tirant derrière lui l'embarcation qui a amené le général.

Quatre têtes dansent à la surface de l'eau, ballottées par le mouvement de la mer.

— On a eu chaud, souffle Iméni. Si on n'avait pas eu l'idée de se cacher derrière la barque d'Achillas, on aurait été embrochés comme des canards.

— C'est de ta faute, grogne Cléo. Qu'est-ce qui t'a pris de fourrer ton doigt dans la gueule de Fenk ?

— C'était pour l'occuper, se défend le garçon. J'avais peur qu'il se mette à couiner.

— Tu as gagné, grommelle Antinoüs. Nous voilà quittes pour retourner à la nage. Je n'ose pas imaginer la réaction de mon père quand il me verra rentrer tout mouillé.

— Aïe, aïe, aïe, ouillouille Iméni, pourvu que le mien ne se réveille pas !

— Pas question de vous couler dans vos lits ! dit Cléo. Il faut avertir Cléopâtre !

CHAPITRE 3

TÊTES DE COURGE !

Tenant leurs sandales trempées à la main, les trois amis traversent le port pour rejoindre le palais royal.

— Il y a deux gardes au pied de l'escalier, remarque Antinoüs. Ils vont nous interdire l'entrée.

— J'habite au palais, rappelle Cléo. Vous allez voir comment je vais les faire s'écarter.

Les deux sentinelles sont très étonnées d'apercevoir des enfants au beau milieu de la nuit. Surtout quand ils se dirigent résolument vers le palais !

— Où allez-vous ? demande l'un des deux hommes.

— Je rentre chez moi, annonce Cléo d'un ton ferme en posant son pied sur la première marche.

— Holà ! s'exclame le soldat en plantant sa lance devant elle.

Le deuxième rigole.

— Cette grenouille confond le palais avec sa mare.

La gamine croise les bras et se tient droite face à eux.

— Je suis la princesse Cléo ! déclare-t-elle.

— Il y a bien une Cléo dans les appartements royaux, reconnaît un garde, mais elle dort. Que ferait-elle dehors à une heure pareille ? Passe ton chemin, et remmène tes deux crapauds avec toi !

— Vous l'avez déjà vue, la princesse Cléo ? insiste la petite.

— Non, mais je l'imagine tout le contraire de toi : grande, belle…

— Et sèche ! appuie son compagnon.

— Têtes de courge ! lance la fillette.

L'expression des deux hommes se modifie. Leur visage devient plus dur.

— Qu'est-ce que tu as dit ? grogne un des soldats.

— Et en plus ils sont sourds, complète Iméni. On peut crier pour réveiller Cléopâtre ! Elle nous ouvrira la porte, elle !

Les deux gardes s'échangent un coup d'œil puis, ensemble, ils font mine de charger les enfants. Les gamins se sauvent dans la rue.

— Si vous revenez, vous goûterez à une bonne correction !

Cléo, Antinoüs et Iméni s'arrêtent près des jardins.

— Demain je descendrai cet escalier en grande tenue de princesse, jure la fillette, et je leur marcherai sur les pieds !

— Tu n'auras qu'à prévenir la reine à ce moment-là, propose Iméni. J'ai sommeil, je veux...

— Je ne laisserai pas une nuit d'avance à nos ennemis, le coupe Cléo. D'ailleurs Cléopâtre doit s'absenter dès l'aube. Nous devons la prévenir avant.

— Bon, conclut Antinoüs, il ne nous reste donc plus qu'à entrer au palais de la même manière que tu en es sortie. C'est-à-dire en escaladant ce mur !

— Cléo peut bien aller chez la reine toute seule puisqu'elle vit avec Cléopâtre dans le palais, fait remarquer Iméni.

— Nous avons fait le serment de rester toujours

ensemble, lui rappelle Antinoüs. Alors...

— Suffit vous deux, sinon les soldats vont nous entendre ! S'ils nous prennent pour des voleurs, ils vont nous recevoir à coups de flèches.

— Oh! là, là ! s'effraie Iméni.

— Mais non, je rigole...

Elle aide le garçon à grimper sur le tronc du palmier appuyé contre le mur, et termine sa phrase :

— Ils nous couperont seulement le nez et les oreilles.

L'un après l'autre, ils sautent dans le jardin, le franchissent en courant et se cachent dans l'ombre des bâtiments, le temps que les sentinelles s'éloignent sur le chemin de ronde.

— La voie est libre, chuchote Cléo. La fenêtre de ma chambre est facile à atteindre grâce au figuier qui est dessous.

Les enfants escaladent l'arbre en silence, puis ils enjambent le rebord de la fenêtre.

— Et maintenant... souffle Cléo.

Elle n'achève pas. Une main s'abat sur sa nuque, lui arrachant un cri de terreur.

CHAPITRE 4

SOUS LES YEUX DE PANTHÈRA

Quelqu'un allume une lampe à huile. Dame Tari est debout au centre de la pièce, très en colère. Un colosse à la peau noire tient Cléo par le cou ; d'un seul mouvement, il fauche Iméni et Antinoüs, et les maintient fermement sous son bras.

— Voilà donc comment tu passes ta nuit ! grince Dame Tari. Tu vas nager dans le port avec tes amis.

— Pas nager, pêcher ! précise Iméni.

— Bien sûr, siffle Dame Tari en lui décochant un regard noir. Vous plongez au milieu des poissons pour les attraper à la main.

Elle découvre à cet instant le fennec qu'Antinoüs a coincé sous sa tunique, contre son ventre.

— Je ne veux pas d'animaux dans cette chambre ! Tu vas me flanquer tout ce joli monde dehors, dit-elle au serviteur. Et toi, Cléo, tu vas aller te laver avant de te recoucher !

— Pas avant d'avoir parlé à Cléopâtre ! riposte la gamine en se débattant. Achillas s'est évadé. Il prépare une attaque contre Alexandrie avec des pirates.

— Tu inventes n'importe quoi pour éviter la punition.

— C'est vrai, confirme Antinoüs. Nous les avons entendus.

— Ouste ! fait Dame Tari avec un grand geste pour montrer la porte.

Le colosse pousse Cléo en avant, mais alors qu'il se dirige vers la sortie, la jambe d'Iméni heurte la lampe de bronze qui s'écrase au sol avec un bruit terrible. L'huile enflammée se répand sur les dalles. Paniquée, Dame Tari appelle à l'aide. Le serviteur lâche les enfants et étouffe le feu sous des poignées de terre qu'il puise dans des potiches contenant des plantes.

— C'est éteint, annonce-t-il comme des cris éclatent dans le palais. Vous avez lancé l'alarme pour rien. Mais… où sont passés les trois gamins ?

Le trio se faufile dans le couloir et se glisse entre les gardes alertés par Dame Tari. Les appartements royaux sont au bout de la galerie. Un soldat en surveille l'accès. Lui, il ne bougera que sur ordre de la reine. Une porte s'ouvre soudain. Iros, l'une des deux fidèles servantes de Cléopâtre, passe la tête.

— Que se passe-t-il ? Le bruit énerve la panthère apprivoisée de la reine. Elle grogne et tourne en rond dans la pièce.

— Eh bien ? lance une voix claire, derrière elle. Qui est responsable d'un tel vacarme ?

— Ça y est, se désole Iros, Cléopâtre est réveillée.

Antinoüs a alors l'excellente idée de lancer :

— Le général Achillas s'est évadé !

La reine s'encadre presque aussitôt dans l'ouverture de la porte.

— Vous ? s'étonne-t-elle. Comment se fait-il que ce ne soit pas l'officier de nuit qui m'en informe ?

— Personne n'est encore au courant, annonce Cléo. Nous avons vu Achillas s'enfuir alors que nous pêchions dans le port.

— En pleine nuit ?

Les enfants baissent la tête, pris en faute. La fillette se hâte d'ajouter :

— Si chacun de nous était resté dans son lit, vous n'auriez jamais su ce que nous allons vous apprendre.

L'officier de nuit se présente enfin. Il se compose une mine sévère en voyant les trois enfants, responsables du bruit. Mais avant même qu'il ait le temps de prononcer un mot, Cléopâtre l'envoie à la prison afin de se renseigner sur la prétendue évasion du général Achillas.

— À présent je vous écoute, dit-elle en faisant entrer dans sa chambre Cléo, Antinoüs et Iméni.

L'entretien est court, entrecoupé par les grondements de Panthèra qui ne quitte pas Fenk des yeux.

— Allez vous changer en attendant le retour de l'officier ! ordonne-t-elle. Avant de réunir mon état-major, je veux être sûre que vous ne vous êtes pas trompés… La paix, toi ! reprend-elle en donnant une tape sur la tête de la panthère.

Peu après, l'officier de nuit revient avec le commandant de la prison. Ce dernier se prosterne le front au sol devant la reine.

— Deux gardes ont été assommés pour permettre au prisonnier de s'échapper, confesse-t-il. Le général Achillas a bénéficié d'une aide intérieure et extérieure. Je viens de lancer…

Cléopâtre n'écoute plus. Elle adresse un signe à sa servante. Iros s'approche d'un gong et le frappe plusieurs fois avec un maillet. Dans le couloir, un bruit de course avertit la reine que des messagers se dépêchent d'aller convoquer les officiers à une séance extraordinaire.

Quand les généraux pénètrent dans la salle du conseil, Cléopâtre les attend déjà sur son trône. Trois enfants sont assis sur les marches, devant elle, et la panthère est couchée dans la position du sphinx. Le regard du fauve pèse sur Iméni. L'enfant tient Fenk sur ses genoux, mais est-ce le fennec ou lui que Panthèra observe de ses yeux de braise ? Peu rassuré, Iméni avale sa salive et serre Fenk dans ses bras pour le soustraire à la vue de la panthère, mais les oreilles d'un fennec sont grandes…

La reine demande à Cléo de répéter son histoire. La gamine se lève, raconte ce qu'elle et ses amis ont vu et entendu.

— Nous avons trois jours avant l'attaque, résume ensuite Cléopâtre. Je devais m'absenter d'Alexandrie, mais je vais retarder mon voyage.

— Nos vaisseaux de guerre doivent bloquer l'entrée du port ! suggère un officier.

— Les pirates aborderont sur les jetées. Ce sont elles et la grande digue qu'il faut protéger ! indique le commandant de la charrerie.

— S'ils attaquent par le deuxième port, à l'ouest, ils seront tout de suite dans la ville. Nous n'avons aucun moyen de les arrêter de ce côté-là.

Cléopâtre lève une main, réclamant le silence. De l'autre, elle donne une nouvelle tape à Panthèra pour qu'elle cesse de grogner. La panthère se contente alors de fouetter l'air avec sa queue, les yeux toujours fixés sur Iméni qui ne sait vraiment plus comment se débarrasser du fennec.

— Puisque nous ne pourrons pas éviter que les pirates et leurs alliés entrent dans nos ports, notre stratégie va consister à les y enfermer. Vous allez armer tous nos navires de guerre et les charger de soldats. Vous profiterez de la nuit prochaine pour leur faire quitter Alexandrie. Quand les ennemis attaqueront, nos vaisseaux les prendront par derrière. La surprise jouera en notre faveur.

Le soulagement se lit sur les visages. C'est assurément un bon plan.

— Il faudra frapper vite et fort, fait remarquer un général.

— Et arriver au bon moment, ajoute un autre.

— Si nos navires devaient arriver en retard, soyez sûrs que je jetterai tous les capitaines en pâture à Panthèra.

Pour appuyer ses paroles, Cléopâtre laisse tomber un voile devant la gueule de la bête. Clap ! D'un seul coup de dents, et sans même bouger la tête, la panthère tranche le tissu en deux. La reine renvoie son état-major, puis elle se tourne vers les enfants.

— À bien des égards, vous êtes plus efficaces que mes hommes, reconnaît-elle. Cela mérite une récompense. Je constate depuis un moment que Panthèra et toi ne vous quittez plus des yeux, dit-elle à Iméni. Tu veux que je te l'offre ?

— N… n… n… non, fait le garçon en claquant des dents.

CHAPITRE 5

LA MER DE FLAMMES

Le lendemain, soldats et marins s'affairent sur les quais. Toujours attirée par les préparatifs militaires, une foule d'enfants suit le chargement des armes et des vivres.

— Achillas et Shardane vont se retrouver coincés par nos bateaux, se réjouit Antinoüs.

— Oui. Et s'ils mettent pied à terre, les soldats les pourchasseront à travers les rues de la ville, complète Cléo… Iméni ne vient pas aujourd'hui ?

— Son père a besoin de lui pour installer son atelier de tailleur de pierres.

— N'oubliez pas que Cléopâtre vous a invités au palais, ce soir. Nous pourrons assister au départ de la flotte du haut de sa terrasse, au milieu de la nuit. Et vous dormirez au palais.

— Ce sera un spectacle grandiose. Mais il faut que je rentre à présent : je dois aussi aider mon père dans son magasin d'olives. Je peux te laisser Fenk si tu veux. Tu te sentiras moins seule jusqu'à ce soir.

La gamine allonge les lèvres pour dire non, mais elle change d'avis et prend le petit fennec dans ses bras.

— Pourquoi pas ! Il mettra de l'animation pendant ma leçon d'écriture. Après notre exploit de cette nuit, Dame Tari n'osera pas me punir de si tôt.

Le soir venu, Iméni et Antinoüs se joignent à la reine et à Cléo pour un petit dîner amical comportant vingt-sept plats.

— Vingt-sept ! s'exclame Iméni à la fin du repas en se tenant le ventre. Je n'ai jamais autant mangé de ma vie.

— Tu n'étais pas obligé de finir tous les plats, lui fait remarquer Cléo. Moi, je me suis contentée de grignoter en piochant dans chacun.

Une fois la nuit tombée, la reine conduit ses jeunes invités sur la terrasse qui domine le port. Les soldats viennent de prendre place sur les navires de guerre, et les marins s'installent à leurs rames. Debout sur le bordage, des hommes écartent les bateaux du quai au moyen de longues perches.

— Les capitaines vont pouvoir manœuvrer dans la nuit ? demande Iméni. Le phare a beau être allumé, il reste de grandes zones à l'ombre dans le port.

— Des hommes sont installés à l'avant des navires avec des lampes, explique la reine. Ce sont eux qui guident les pilotes. D'autre part, une ligne de torches va s'étirer le long de la jetée de façon à diriger les vaisseaux hors du port.

— Ah, voilà les porteurs de torches, indique Antinoüs en découvrant des points de feu qui s'animent sur les quais.

Les flammes brillent dans l'obscurité. Mais au lieu de former une ligne, elles se regroupent devant les navires. Cléopâtre se penche par-dessus la rambarde de la terrasse. Cléo la sent brusquement tendue.

— Que se passe-t-il ? s'inquiète la reine.

— Les hommes discutent avec les soldats ou les marins, suppose Antinoüs pour la tranquilliser.

— Je ne crois pas, dit Cléopâtre. Les officiers ne le permettraient jamais.

Les flammes s'envolent tout à coup, tels des oiseaux de feu. Elles tombent sur les navires, embrasent les voiles. Quelques flèches enflammées sont tirées et se fichent dans les coques. Des cris s'élèvent.

— C'est une attaque ! hurle la reine.

Ses cris attirent l'officier de nuit.

— Envoie immédiatement des hommes au secours des navires ! ordonne-t-elle.

Puis elle s'appuie à nouveau contre la rambarde, observant ce qui se passe dans le port.

— Les soldats essaient d'éteindre les incendies, commente Antinoüs, mais les flammes sont aussi hautes que les mâts.

— Nous avons été trahis, enrage Cléopâtre. Seul mon état-major était au courant du projet. C'est parmi les officiers qu'il faut chercher le coupable.

— Un ancien ami d'Achillas... suggère Antinoüs.

— J'ai remanié mon conseil et recomposé mon état-major après l'arrestation d'Achillas, il y a quelques mois. Je ne voulais garder aucun de ses proches autour de moi. La mesure n'a pas suffi : des serpents traînent encore dans le palais.

— Deux bateaux se sont heurtés, annonce Iméni. Les marins et les soldats sautent à l'eau.

Un bruit épouvantable retentit tout à coup : un vaisseau en flammes vient de se fracasser contre la jetée.

— Les marins abandonnent leurs postes pour sauver leur vie, constate la reine. Les navires ne sont plus dirigés. Je perds la plus grande partie de ma flotte, et avec elle l'espoir d'écraser les pirates... La troupe de secours se hâte vers le port, reprend-elle en voyant des soldats s'élancer hors du palais, mais c'est trop tard. L'ennemi a réussi son coup, et il s'est déjà dispersé dans la ville.

C'est la mine sombre que Cléopâtre reçoit à nouveau ses généraux. Sa voix vibre de colère lorsqu'elle affirme :

— Il y a des traîtres dans notre armée ! Ceux-là obéissent toujours à Achillas. Ils ont détruit notre marine de guerre. Comment pourrons-nous résister maintenant ?

— Il faut fuir, ô ma reine !

— Fuir ? s'indigne Cléopâtre en se redressant comme si elle avait été mordu par un serpent. Une reine ne fuit pas ! Mes ennemis n'attendent que cela pour s'emparer du trône. Nous devons tout tenter pour protéger la ville et ses habitants.

— Sans compter que mes parents viennent juste de s'installer à Alexandrie, glisse Iméni à Cléo. Ils vont regretter Memphis.

Bien que chuchotée, sa remarque est entendue par Cléopâtre qui réalise à ce moment que les enfants ont profité de l'agitation générale pour la suivre dans la salle du conseil.

— Laissez-nous, leur dit-elle. Votre place n'est pas ici. Nous avons à discuter de choses graves.

Les trois amis ressortent en bougonnant. Ils ont encore le temps de surprendre les dernières paroles de Cléopâtre :

— Je vais envoyer immédiatement un cavalier à la garnison de Memphis pour réclamer en renfort un millier d'hommes montés sur des chars.

Les voix s'éteignent dès que la porte se referme dans leur dos.

CHAPITRE 6

CÉSAR ?

Le lendemain après-midi, les trois enfants se retrouvent dans les jardins du palais. Cléo a en effet convié ses deux amis à une baignade dans le bassin aux lotus. Ils s'amusent depuis un moment à nager et à s'asperger quand Panthèra vient s'appuyer sur la margelle du bassin, reléguant Fenk derrière un massif de roses.

— Pchttt ! fait Iméni en lui envoyant des petits jets d'eau de la main pour la chasser.

Mais la panthère s'installe. Cléopâtre apparaît peu après. Elle s'assoit sur un banc à l'ombre d'une treille supportant une vigne, et ne bouge plus, pareille à une statue.

— Quelque chose s'est passé, suppose Cléo. Quand elle fait cette tête-là, c'est que tout ne va pas comme elle le désire.

La fillette sort de l'eau et va s'asseoir dans l'herbe, aux pieds de la reine. Cléopâtre reste un moment sans rien dire, puis elle soupire.

— Mon messager a été tué. Des pêcheurs l'ont retrouvé au bord du canal, une flèche dans la poitrine. Toutes les pistes doivent être surveillées par mes ennemis. Il ne sert à rien que je risque la vie d'autres cavaliers. Je commence à croire que les traîtres sont plus nombreux que mes fidèles.

— Alors nous sommes perdus, souffle Cléo.

— Il me reste un dernier espoir : César !

— César ? tique la gamine. C'est qui ?

— C'est un grand général romain. Mes espions m'avaient avertie qu'il menait une expédition en Orient. Il est de retour avec ses navires. Il fait halte actuellement dans le golfe de Canope pour se ravitailler.

L'attention de Cléopâtre est attirée par la panthère qui gronde et donne des coups de patte dans l'eau pour essayer d'atteindre les garçons.

— Panthèra ! crie-t-elle pour rappeler sa bête et permettre à Antinoüs et à Iméni de sortir du bassin.

— Le Romain accepterait de nous aider ? risque Cléo.

— L'Égypte est riche. Je lui offrirai de l'or. Beaucoup d'or ! Je vais me rendre demain dans le golfe de Canope pour rencontrer César.

— Si ses navires sont déjà repartis… s'inquiète la fillette.

— Alors je les croiserai sur la mer, assure la reine. Je ne me déplacerai pas en litière, mais sur ma grande barque royale. Je vais m'entourer de danseuses et de musiciennes. Cela impressionnera plus César que des soldats en armes. Du moins je l'espère...

Sa servante Iros accourt soudain. À son air affolé, Cléopâtre comprend qu'un événement très grave vient de se produire.

— Les pirates... bredouille Iras. Ils entrent dans le port !

De retour sur la terrasse de son palais, la reine découvre avec effroi que trois bateaux pirates manœuvrent à l'entrée du port pour en bloquer l'accès.

— Achillas avait dit dans trois jours, laisse échapper Cléo.

— Shardane attaque avec un jour d'avance. Il veut certainement voler les trésors des temples avant l'arrivée des alliés d'Achillas, afin de ne pas avoir à partager avec eux. Je dois rester au milieu de mes soldats pour défendre Alexandrie. Je ne peux plus aller chercher César. De toute façon les pirates ne laisseront passer personne.

— Vous pensez qu'ils empêcheront des enfants d'aller pêcher ? demande Cléo.

— Non, ils se moquent pas mal des…

Cléopâtre ne termine pas sa phrase. Elle vient de comprendre l'idée de la fillette.

— Tu veux partir à ma place pour réclamer l'aide des Romains, toi ?

— Oui… enfin nous trois.

Iméni est tellement stupéfait qu'il s'étrangle en respirant ; Antinoüs, lui, manque lâcher son fennec. Ils jettent un regard désespéré à leur amie pour qu'elle change d'avis, mais Cléo les ignore superbement.

— Je ne peux pas vous proposer d'escorte, se désole Cléopâtre. Non seulement elle ne franchirait pas les mailles des pirates, mais elle attirerait l'attention sur vous.

— Nous avons navigué quatre jours et quatre nuits sur le Nil pour venir de Memphis à Alexandrie, rappelle la gamine. Alors nous pouvons bien longer la côte une partie de la nuit. C'est ici qu'est le danger, pas sur la mer… Il est comment, César ?

La reine retrouve un sourire d'espoir.

— Je ne l'ai jamais vu, mais je l'imagine grand, fort et beau.

CHAPITRE 7

GRAND, FORT ET BEAU !

Dans le port, deux navires pirates se placent en travers pour interdire le passage aux gros vaisseaux de commerce tandis que le troisième s'amarre devant l'île de Pharos, au pied du temple d'Isis. Des soldats égyptiens courent sur la digue pour repousser les pirates, mais Shardane et ses hommes débarquent rapidement et établissent un solide rempart de boucliers et de lances pointées en avant. Pendant ce temps, un autre groupe de pirates pénètre dans le temple et en chasse les prêtres et les prêtresses.

Une petite barque de pêche se risque pourtant sur les eaux.

— Mais ce sont des enfants ! s'écrie un pirate à la barbe noire. Vous venez nous attaquer ? demande-t-il en riant.

— Nous… nous allons pêcher, répond Antinoüs d'une voix tremblante. Les poissons se laissent plus facilement attraper la nuit.

— C'est une bonne idée, reconnaît le pirate. Vos parents auront au moins quelque chose à manger une fois que nous aurons pillé toutes leurs réserves.

Ses compagnons éclatent de rire. Un gros pirate balance une lourde hache à bout de bras.

— Je les coule ?

— Non, dit le barbu. Nous leur prendrons les poissons quand ils reviendront, rajoute-t-il à mi-voix.

L'homme fait signe aux gamins de passer. Les trois enfants rentrent instinctivement la tête dans les épaules quand leur embarcation s'engage entre les deux navires. Iméni s'arrête de respirer : il craint de recevoir une flèche dans le dos. Même Fenk sent la menace, car il se cache sous la tunique de Cléo.

La mer s'ouvre à eux, immense, avec des reflets d'or sous le soleil du soir.

Le lendemain matin, la mer scintille comme un miroir. Après avoir dormi sur une plage, les enfants ont repris leur navigation. Canope est toute proche à présent.

— Le golfe est derrière cette pointe de rochers, indique Antinoüs comme la ville de Canope se dessine sur la côte.

Ils mettent leurs dernières forces à pagayer, contournent le promontoire…

— Ooohhh ! s'écrient-ils d'une même voix.

Le spectacle est fascinant. Des dizaines de navires aux voiles déployées occupent la baie et tournent sur leur quille pour prendre le vent.

— On dirait des aigles d'or géants prêts à s'envoler, s'émerveille Cléo.

— Nous arrivons à temps, remarque Antinoüs. Les bateaux s'apprêtent à quitter l'endroit.

Trois rangées de rames battent contre les flancs des vaisseaux, faisant bouillonner la mer autour d'eux. Cléo se lève et fait de grands signes au bateau de tête pour attirer l'attention des Romains.

— Mettez-vous devant lui ! ordonne la gamine. Et appelez César avec moi !

— Il va nous foncer dessus ! s'effraie Iméni.

— Cléo a raison. Il faut l'obliger à s'arrêter.

La barque se place dans l'axe du navire. Les enfants gesticulent et hurlent à tue-tête pour couvrir le bruit des rames.

— Cléopâtre nous envoie ! Nous devons parler à César ! César !

— Il n'est peut-être pas sur ce bateau, fait observer Iméni.

— Mais si ! assure Cléo. Un général précède toujours ses soldats. Allez, criez !

Le capitaine entend leurs appels. Il se penche par-dessus bord, aperçoit les gamins qui lui font signe. Pour ne pas les fracasser, il fait arrêter le navire.

— Que voulez-vous ? leur crie-t-il.

En quelques phrases, Cléo raconte le siège d'Alexandrie par les pirates. L'homme est perplexe. Dans le doute, il leur permet de monter à bord. Trois marins tendent leurs rames pour former une sorte d'escalier. L'un après l'autre, Cléo, Iméni et Antinoüs grimpent sur le navire.

— Que se passe-t-il ? lance brusquement un homme sur le ton de la colère. Qui se permet d'arrêter la marche de ce bateau ?

— C'est César ! souffle Cléo à ses deux compagnons. Regardez comme il est grand, fort et beau ! Et son armure a l'air d'être en argent.

Elle s'avance vers le Romain, baisse la tête en signe d'humilité.

— La reine Cléopâtre réclame votre aide, ô César, commence-t-elle. Alexandrie va…

— Je ne suis pas César, la coupe l'homme. Mon nom à moi c'est Marc Antoine. César, c'est celui qui arrive dans son manteau rouge.

Cléo est stupéfaite. « Celui-là ? se dit-elle. Mais il est vieux, maigre et sec comme un nerf de bœuf. Il est peut-être même tordu sous son manteau… »

Du coup, elle oublie de le saluer. César se plante devant eux. D'abord, il ne prononce pas un mot, se contentant de les étudier de ses yeux gris. Puis...

— Tu te présentes comme étant l'envoyée de la reine ? L'Égypte en est-elle réduite à utiliser des enfants plutôt que des officiers ?

La fillette reprend ses explications. César reste un moment pensif, le menton dans sa main.

— Les pirates sont un vrai fléau, admet-il. Il est indispensable d'en nettoyer les mers. Mais les affaires de l'Égypte ne sont pas les miennes. Pourquoi aiderais-je Cléopâtre contre ce pirate et ses sbires ?

— Mais parce qu'elle est la reine ! riposte Cléo en tapant du pied.

Jules César lui décoche un regard noir. Personne ne lui a jamais parlé sur ce ton. Alors ce petit bout de fille... ! À voir l'expression du Romain, les garçons sont persuadés qu'il va les jeter à la mer. À moins qu'il ne les suspende tous les trois par les pieds au mât de son navire ! Antinoüs essaie d'amadouer César en déclarant :

— Cléopâtre couvrira d'or ceux qui viendront l'aider.

— C'est vrai, appuie Iméni.

César ne dit rien. Ses yeux sautent d'un enfant à l'autre, puis ils s'arrêtent sur la fillette.

— Qui es-tu ? grogne-t-il.

— Cléo, la petite sœur de Cléopâtre ! chante la gamine en croisant les bras et en adoptant une pose légèrement provocante.

Les garçons se regardent, abasourdis. « Qu'est-ce qui lui prend ? s'inquiète Antinoüs. Elle est folle. César ne va jamais gober ça. » En effet, l'homme fronce les sourcils.

— Bien sûr, marmonne-t-il, et ces deux-là sont sans doute Ramsès II et Alexandre le Grand... Je ne crois pas à ton histoire. Toi et tes amis avez voulu voir de près un navire romain, et vous avez inventé ces mensonges pour nous approcher.

— Non, non, se récrient les enfants. C'est bien Cléopâtre qui...

— Assez perdu de temps ! tranche César. Mon intention était de m'arrêter à Alexandrie pour rencontrer la reine d'Égypte. Nous ferons donc halte dans ce port, comme prévu. Si la ville est effectivement attaquée, je la défendrai.

— Par prudence, il vaudrait mieux éviter la ville, intervient Marc Antoine. Nous n'avons pas à risquer la vie de nos soldats dans une bataille qui ne nous regarde pas. Les hommes sont fatigués de notre campagne en Orient, et ils n'aspirent qu'à rentrer à Rome pour retrouver leurs familles qu'ils n'ont pas vues depuis trop longtemps.

— C'est moi qui commande cette flotte ! gronde César. J'irai à Alexandrie. Et j'ai bien l'intention d'aller saluer Cléopâtre, que la ville flambe ou non ! Il est important pour Rome que nos deux pays nouent de bonnes relations. Le Delta du Nil peut devenir une base solide pour nos navires, tant pour surveiller l'Orient que pour nous ravitailler en blé.

— Soit, admet Marc Antoine d'un ton bourru. Alors laisse-moi retourner à Rome avec une partie de l'armée.

— Non ! C'est moi le général victorieux. C'est

moi qui défilerai en tête devant le peuple. Je ne permettrai pas que Rome t'acclame à ma place.

— Qu'est-ce qu'on fait de ceux-là ? demande alors le capitaine en désignant les gamins. Je les rejette à l'eau ?

Jules César abaisse son regard sur le trio. Il avait presque oublié la présence des enfants. Il se penche vers eux, fronce les sourcils pour assombrir sa mine.

— Si vous m'avez menti, je vous emmène jusqu'à Rome pour vous livrer en pâture aux lions.

Cléo ne se laisse pas impressionner.

— Je ne vous crois pas, dit-elle.

— Ah bon ? Et pourquoi ?

— Cléopâtre a confiance en vous. Vous ne pouvez donc pas être méchant.

César sourit enfin. Il se tourne vers le capitaine du vaisseau.

— Fais redoubler la cadence des rameurs ! L'Égypte m'attend !

CHAPITRE 8

LE GRAND COMBAT

Alexandrie brûle. Depuis le début de l'après-midi, des bateaux conduits par le général Achillas ont rejoint ceux de Shardane le pirate, et ils emplissent le port. Des combats opposent les soldats de la reine aux assaillants.

Un grondement sourd roule soudain sur la ville. Beaucoup lèvent les yeux, cherchant les signes d'un orage. Mais le ciel est bleu, sans un nuage… Ils comprennent tout à coup que le tonnerre vient de la mer, et se retournent. La surprise est totale : la flotte romaine est devant le port d'Alexandrie.

Sur un geste de César, les soldats cessent de marteler les grands tambours de guerre. Ils s'écartent sur deux rangs, dévoilant des catapultes installées à l'avant des navires. Zak ! Les cordes des machines se détendent, projetant d'énormes boules de feu loin en avant. Elles décrivent un arc de cercle puis éclatent sur les navires des pirates et de leurs alliés.

Sur les bateaux ennemis, c'est la panique. Les hommes tentent d'éteindre les incendies. En vain. Nombreux sont ceux qui cherchent alors le salut en sautant à la mer.

— Qu'est-ce qui brûle là-bas ? s'interroge César en voyant des flammes s'élever de la ville.

— La bibliothèque, répond Cléo. Les pirates ont mis le feu car ils n'ont pas trouvé d'or dans le bâtiment.

— Pourvu que le brasier ne dévore pas tout le quartier ! s'angoisse Antinoüs. C'est là où j'habite !

— Cessez le tir ! commande César. Nous allons fracasser ce qui reste de leurs navires.

Armés de lourdes étraves en bronze — une pointe terrible fixée à la proue —, les vaisseaux romains foncent sur l'adversaire, éventrent les coques, brisent les rames… Lorsqu'il ne reste plus que des épaves fumantes dans le port, César ordonne le débarquement de ses troupes.

— Marc Antoine, prends la moitié de mon armée et va prêter main forte aux soldats qui se battent dans la ville ! Moi, je m'occupe du quartier royal. Quant à vous trois, rajoute-t-il en se tournant vers les enfants, restez sur mon navire ! Vous y serez en sécurité.

Les légionnaires descendent sur les quais puis, le glaive et le bouclier à la main, ils s'élancent derrière leurs officiers.

— Si César s'imagine que nous allons rester sagement ici, il se trompe, bougonne Cléo de façon à n'être entendue que par ses amis.

— Qu'est-ce que tu mijotes encore ? fait Iméni. Tu ne vas pas aller te battre contre Shardane ou Achillas, tout de même !

— Je veux savoir ce qui se passe au palais. Cléopâtre est peut-être blessée, ou pire. Rappelez-vous qu'Achillas a l'intention de la tuer !

— Ce n'est pas toi qui vas changer le cours de… Hé ! lâche Antinoüs comme si son cri suffisait à arrêter la fillette qui vient de sauter sur la passerelle.

— Hé ! répète Iméni en essayant de retenir le fennec qui bondit derrière elle… Qu'est-ce qu'on fait ?

— On les rattrape ! décide Antinoüs.

Un marin alerte le capitaine en voyant les enfants courir sur le quai. Celui-ci hausse les épaules. Tant pis, il est responsable de son navire, pas de ceux qui quittent son bord.

Les quais sont déserts, aussi Cléo, Iméni et Antinoüs arrivent-ils sans encombre à proximité du palais. La porte a été enfoncée à coups de bélier, et des corps sont étendus sur les marches de l'escalier.

— César se bat toujours à l'entrée, commente Antinoüs en entendant des tintements de glaives entrecoupés de hurlements.

— Passons par le jardin, suggère Cléo.

— L'ennemi est partout, dit Iméni. On va se faire tuer.

La gamine ne tient pas compte de sa remarque. Elle se précipite dans la rue qui longe le mur du jardin, Antinoüs et Fenk sur les talons.

— Attendez-moi, mais attendez-moi ! s'égosille le jeune Égyptien.

Un homme surgit brutalement à l'angle d'une maison, juste devant la fillette. La surprise les fige une seconde, puis ils se reconnaissent. C'est le pirate à la barbe noire qui les a laissés passer en barque.

— Tiens, tiens, ricane-t-il en plongeant sa main vers la gamine. Je ne vous ai pas vus rentrer de la pêche hier soir, et vous voilà de retour en même temps que les Romains !

Il attrape Cléo par le col, tire un poignard de sa ceinture dans l'intention de lui trancher la gorge. Une vive douleur à la cheville retarde son geste. Il agite la jambe pour se libérer du fennec qui s'y est accroché. Cléo frappe l'homme sur le nez et se dégage. Antinoüs lui porte un coup violent au ventre. Iméni arrive en courant et décoche un coup de pied dans le genou du pirate, lui brisant la rotule. Le barbu s'affale en hurlant, puis il se tortille au sol en tenant sa jambe. Les enfants en profitent pour escalader le tronc du palmier qui leur permet d'atteindre le haut du mur, et ils se laissent tomber

de l'autre côté, dans les jardins royaux.

Des serviteurs et des servantes se sont cachés derrière les haies, certains ont grimpé aux arbres, d'autres ont plongé dans les bassins et se tiennent immobiles sous les nénuphars. Une vieille femme reconnaît Cléo et lui conseille de ne pas s'aventurer plus loin.

— Où est la reine ? l'interroge Cléo. A-t-elle échappé à Achillas ?

— Personne ne l'a vue ! Personne ne sait où elle est ! Cléopâtre a disparu !

CHAPITRE 9

OÙ EST PASSÉE CLÉOPÂTRE ?

À l'intérieur du palais, les pirates et leurs alliés offrent une farouche résistance aux Romains, mais ils reculent pas à pas, obligés d'abandonner ce qu'ils ont volé pour défendre leur vie.

— Passez par les couloirs ! commande César à ses légionnaires. Attaquez l'ennemi par les flancs ou par l'arrière. Bloquez aussi les jardins ! Ces canailles ne doivent pas réussir à s'enfuir.

Il retient ses officiers comme ils s'apprêtent à mener leurs hommes à travers le palais.

— Retrouvez surtout Cléopâtre ! rajoute-t-il.

Et pendant que ses troupes se répandent dans le palais, lui-même prend la tête d'un groupe et se dirige vers la salle du trône. Les portes sont grandes ouvertes : Shardane et ses pirates entassent dans des coffres toutes les richesses qu'ils peuvent trouver. La brusque arrivée de César les surprend. Certains paniquent, ne sachant par où s'échapper. Shardane pousse un cri de guerre et s'élance sur les Romains, l'épée brandie.

Un légionnaire se place devant César pour le protéger. L'arme du pirate éclate contre son bouclier. Un deuxième soldat blesse Shardane à la jambe avec son glaive. Un troisième le frappe au cœur.

— La reine n'est pas ici, constate César. Débarrassez-vous de ces voleurs et rejoignez-moi dans les appartements royaux !

Les soldats se jettent sur les pirates, laissant César et une escorte d'une dizaine d'hommes remonter les couloirs. Leurs pas résonnent sur les dalles. Brusquement, au détour d'une galerie, ils tombent sur le général Achillas et un officier égyptien. À peine Achillas aperçoit-il César qu'il tue l'officier. L'homme s'écroule en travers d'un gros coffre. Les Romains marchent vers le général qui remet son épée au fourreau.

— Je suis le chef de la sécurité, ment Achillas. Mes hommes sont morts en se défendant vaillamment.

— Et celui-là ? demande César en montrant le corps.

— C'est l'officier de nuit de la reine. Un traître allié à Achillas qui tentait d'emporter un trésor.

— Où est Achillas ?

— Il s'est enfui par cette terrasse, là-bas. J'étais à sa poursuite quand son complice a essayé de me retenir.

Sur un geste de César, ses soldats se ruent aussitôt dans la direction indiquée. Achillas repousse l'officier de nuit et ouvre le coffre. Des couronnes, des bracelets, des colliers en or sertis de pierres précieuses scintillent à la lumière.

— Il y en a pour une fortune, dit-il.

— Où est Cléopâtre ? s'enquiert César.

— Je l'ignore, se désole sincèrement le général. Je lui ai recommandé de s'enfermer dans sa chambre dès le début de l'attaque.

— Alors mène-moi à sa chambre ! ordonne César.

— C'est inutile, on m'a appris qu'elle n'y était plus.

— Tu es responsable de la sécurité et tu ne sais rien des déplacements de la reine ? A-t-elle des servantes sur qui elle peut compter ? Allons voir tout de même dans sa chambre !

Les deux hommes s'affrontent du regard. César lui fait signe de passer devant pour le guider. Prudent, le général accepte… et une idée lui vient à l'esprit.

— C'est ici, déclare Achillas en ouvrant la porte des appartements royaux, mais la chambre est vide.

César pénètre dans la pièce. Achillas le suit et referme derrière lui. Le Romain s'arrête au milieu, mains sur les hanches, et admire un instant les peintures magnifiques qui ornent les murs.

« César me tourne le dos. C'est le moment où jamais. » Le général porte la main à son épée, la retire lentement du fourreau. Un cri tout à coup !

— C'est Achillas ! César, c'est Achillas !

Vif comme l'éclair, César fait volte face, se baisse

— l'arme du traître siffle au-dessus de sa tête — et se fend. Son poignard frappe Achillas au flanc. L'homme s'écroule.

— Je me doutais de quelque chose, avoue César. Le coffre était bien trop volumineux pour être porté par un seul… Mais je connais cette voix.

Cléo est agrippée à la fenêtre, debout sur les épaules d'Antinoüs et d'Iméni. César lui tend la main, la tire à l'intérieur.

— Tu as une façon bien particulière d'entrer chez ta sœur, observe-t-il avec un fin sourire. Mais

je ne t'en blâmerai pas pour cette fois.

Antinoüs apparaît. Cléo l'aide à se hisser. Puis ils se mettent à deux pour soulever Iméni. César a le nez en l'air, comme s'il respirait le parfum de la reine.

— Où est Cléopâtre ? questionne-t-il d'un ton ferme, s'adressant à la chambre.

Deux ombres se dessinent sur les murs, deux silhouettes se précisent, issues de deux niches secrètes dissimulées de chaque côté de la porte. Les servantes de Cléopâtre s'inclinent devant le Romain.

— La reine est parmi nous.

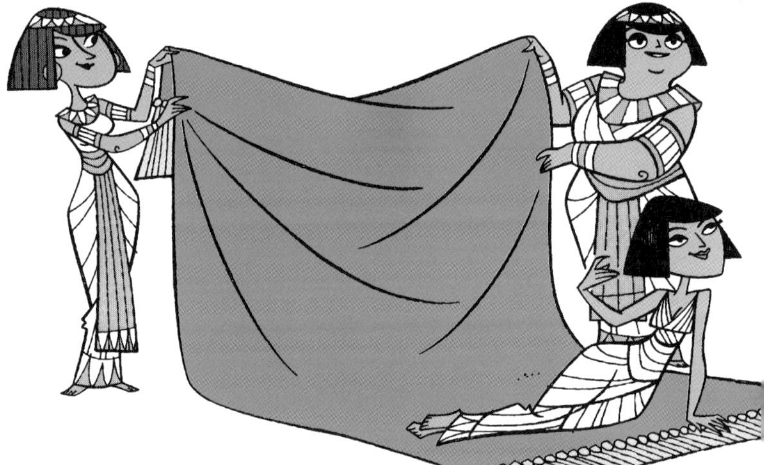

— Ah oui ? fait César. C'est l'une de vous deux ?

Les deux femmes s'approchent du tapis, saisissent chacune un bout et, d'une forte poussée, elles le déroulent devant César... dévoilant Cléopâtre. La reine se relève, lumineuse dans sa robe de lin blanc. L'homme en reste bouche bée. Il découvre une reine sans couronne ni bijoux, sans rien qui distraie le regard. Rien qu'une femme merveilleuse que son sourire éclatant rend plus rayonnante encore.

— Le tapis, c'était notre idée, chuchote Iméni à Antinoüs.

Cléopâtre décoche un clin d'œil complice aux enfants, puis elle s'adresse à César.

— Je te remercie d'être venu à mon secours. L'Égypte saura se montrer reconnaissante envers Rome.

Il lui tend son bras. La reine l'accepte. Ils enjambent le corps d'Achillas et sortent de la chambre.

— Donnez-moi votre bras, les garçons ! réclame Cléo pour imiter la reine. Moi aussi je veux parader comme une princesse.

Pourtant, à la différence de Cléopâtre, la fillette marche délibérément sur Achillas avant d'atteindre la porte.

Alexandrie panse ses blessures. L'incendie de la bibliothèque a pu être maîtrisé avant que tous les rouleaux de papyrus se soient envolés en fumée. Les pirates et leurs alliés qui n'ont pas été tués au combat ont été capturés et couverts de chaînes. Quant à Achillas laissé pour mort dans la chambre de Cléopâtre, il n'était que blessé et a pris la fuite avant le retour des serviteurs chargés de ramasser les corps. Les vaisseaux romains sont repartis, sans Jules César toutefois, invité par la reine à demeurer en Égypte le temps qu'il lui plaira.

Au soir de la victoire, Cléo, Antinoüs et Iméni se réunissent sur la terrasse qui surplombe le port. Le soleil s'enfonce rapidement dans la mer, laissant le phare éclairer la nuit.

— Sans nous, la nuit serait rouge, déclare Iméni. Les flammes d'Alexandrie monteraient jusqu'aux étoiles.

— Achillas s'est échappé, regrette Cléo. Il a tué son complice, l'officier de nuit, pour tromper César, mais il a peut-être encore d'autres amis dans l'entourage de Cléopâtre. Il faudra garder l'œil et l'oreille grands ouverts.

— À nous trois, nous arriverons à déjouer tous les complots, assure Antinoüs. À condition de rester toujours unis !

Il tend la main, paume vers le sol. Cléo pose sa main sur la sienne. Puis Iméni. Une quatrième main passe au-dessus de leurs épaules et vient coiffer celle d'Iméni. Ils se retournent. Cléopâtre !

— Comptez-moi parmi vous, dit la reine. À nous quatre, nous saurons défendre l'Égypte contre n'importe lequel de ses ennemis.

L'AUTEUR

Bonjour, c'est moi Cléo, et je voudrais vous parler de mon papa... Alain Surget, il est fou d'Égypte ! Dès qu'il voit une pyramide, un temple ou l'image d'un Pharaon, il craque. Et il craque aussi pour les héroïnes ! Qu'elles soient simples voleuses ou princesses, elles sont pour lui comme des déesses. Ça me plaît bien de courir sur ses pages, de laisser mes empreintes sur ses mots et de l'entraîner derrière moi dans mes aventures... Parce qu'au fond, il est comme moi, il adore voyager... mais lui, c'est dans sa tête !

L'ILLUSTRATEUR

Fabrice Parme est né près de Nancy. Après avoir suivi les cours de l'école Duperré et des Beaux-arts d'Angoulême, il s'installe à Paris. Il travaille pour des magazines, la bande dessinée, la publicité et le dessin animé. En 1999, il signe la création graphique de la série télé *La Famille pirate*. Avec **LES ENFANTS DU NIL**, il s'attaque à un genre nouveau pour lui : l'illustration de romans pour la jeunesse.

TABLE DES MATIÈRES